KB242112

그늘이 자라는 시간

그늘이 자라는 시간

2025년 8월 12일 초판 1쇄 인쇄
2025년 8월 20일 초판 1쇄 발행

지은이 | 이혜민
펴낸이 | 孫貞順
펴낸곳 | 도서출판 작가
　　　　(03756) 서울 서대문구 북아현로6길 50
　　　　Tel | 02)365-8111~2　Fax | 02)365-8110
　　　　Mail | cultura@cultura.co.kr
　　　　Homepage Address | www.cultura.co.kr
　　　　등록번호 | 제13-630호(2000. 2. 9.)

편집 | 손희 김치성 설재원
디자인 | 오경은 이동홍
마케팅 | 박영민
관리 | 이용승

* 이 시집은 강원문화재단 전문예술지원기금을 받아 출간되었습니다.

값 15,000원

한국디카시 대표시선

27

이혜민 디카시집

그늘이 자라는 시간

작가

마음으로 찍고
카메라로 써내려간
삶이 시고 시가 삶인
그날이 그날인 일상
풍경 뒤 풍경을
부끄러운 일기장처럼
내 보인다

2025년 여름
이혜민

제3부

제4부

제1부

가족

입안 가득 물고기를 물어다
새끼 입에 넣어 주며

자맥질하는 고된 현장을
너희들은 보면 안 된다고

돌아서서 날숨을 소리죽여 토해낸다

그늘이 자라는 시간

한 숟가락이
한 숟가락을 밀며 제발

한 번만 더 넘겨 달라고

흰죽 한 숟가락으로
죽음을 밀어낸다

곡성사

장삼 자락이 회한도 녹였는가
발목에 범종 소리가 가볍게 떠 다녔다

자매의 연을 자르지 못한 핏줄만
옛날에 매여 눈시울이 붉었다

곡성엔 아직 곡성이 들렸다

팔자타령

꼬꾸라져도 뒤집어져도 똑같은 8자

돌아가도 모로 가도 만나지는 8자

자리를 바꿔봐도 변하지 않는 8자

남의 집 처마 밑에 얹혀사는

이놈의 8자

달팽이의 운명

무거워 너무 무거워

담장 밖 세상을 더듬이 세우고 엿보다가
거친 발자국에 동댕이 처지던 그 날

내 슬픈 그림자만 넋을 잃고 바라봤어

그래도 난 꿈을 꾸지 둥둥

그 사내

노동자 생존권을 보장하라

몸부림을 치다가
울부짖기도 하다가

굴뚝에서 고공 농성을 하는 사내 하나

벌써 몇 날 몇 밤째인가?

진범을 아시나요

아비 잃은 오리 새끼 두 마리
나무 끝에 걸터앉아 집을 지키네

어서 물갈퀴 질을 해야 할 텐데

허기진 입 동그랗게 열어놓고
일 나간 어미만 기다리네

삭발

홀로 풀섶 헤치며 벌초하는

아부지 맨살 위로 산 모기떼 달라붙자

월매나 그리웠것냐

첩첩산중 사람 냄시가

나를 깁다

나를 수선할 때마다
핏방울처럼 떨어져 번지는 눈물

무명의 노루발로 박음질하는 난

한 폭의 생을 깁는다

시앗니*

내 속이 시커멓게 썩어가도 몰랐어야

섞은 년 아린 년 불쌍한 년 휑하니

니 뽑혀 나간 빈자리가 우째 이리 욱신거린다냐

이런 내 맘 안다냐 니는

*시앗니: 사랑이를 첩으로 간주하여 만든 말임

동상 걸린 사과

얽어맨 소쿠리에 담겨있는 과일은요
진종일 기차 소리 차 소리 발자국 소리 들으면서요
감시원 호루라기에 호호 떨기도 하면서요
길바닥에서 몇 번인지 모를 겨울 죄다 겪었는데요

이젠 어디에도 없네요 수건으로 깜싼 빨간 얼굴요

아오자이

파도 소리 다냥다냥 밀려왔다 밀려가요
코코넛 물 고이는 소리도 달달해요
은모래 익는 냄새가 따끔거리고요
해풍도 우리처럼 설렌가 봐요 자꾸만
내 옷자락을 끌고 파도 타러 가자네요

꽃들이 만발하는

더듬거리며 두 손을 잡겠지

오늘은 두 가슴에 우주를 품는 날

사랑하는 진규 은솔이에게

2023년 6월 24일 엄마가

생을 엿듣다

가난 속에 박혀 있는 시간을 만나는 일

어둠에 갇혀있는 나를 찾아 헤매는 일

속창알이 맺힌 속울음을 캐는 일

칡뿌리로 쓴 캘리

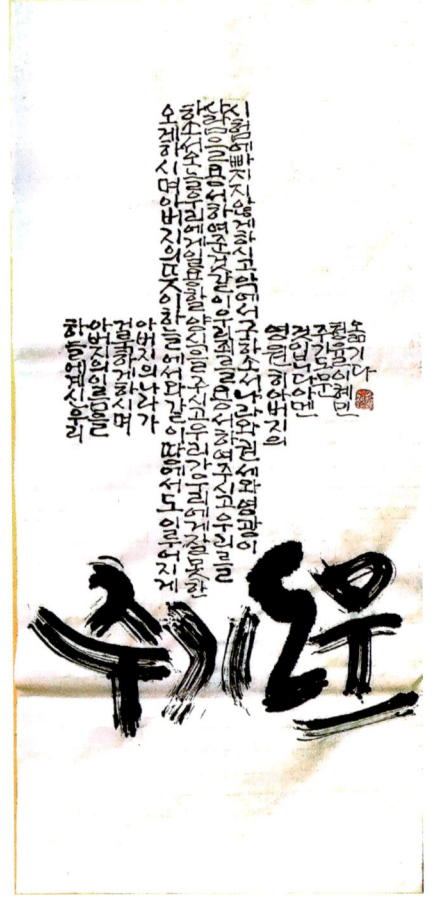

여화와는 나의 목자시니 내게 부족함이 없으리로다

그가 나를 푸른 풀밭에 누이시며

쉴만한 물가로 인도하시는도다[시편 23장2절]

제2부

민들레의 꿈

이 좋은 세상 틈새에 끼어

주저앉아 살 수만 없어

눈칫밥 먹으며 흔들리다 갈 순 없지

밟히고 밟히면서 꿈틀대다 갈 수만 없잖아

날 수 있어 그럴 수 있다니까

다 내게로 오라

어지러워 어지럽다구

나도 이젠 힘들어 힘들다구

누가 내 멈춤, 멈춤 좀 눌러줘요

빙하지대를 가다

제자리를 맴돌다 주저앉아 한 점
마침표로 찍히게 될지도 모를

그 동굴 속에 갇혀
천년만년 살아 있을지도 모를

A4용지

호흡기를 떼다

솜털 보송한 시절부터 나선길 청상의 길

그것도 서방이라고 이끼 낀 바위에 빌붙어서
피 흘리며 만든 가시밭길

손톱 빠지도록 움켜쥔 손 끝내 놓아 버렸다

함께라서 좋아요

키가 작으면 어때요

척박한 달동네면 또 어때요

우린 혼자가 아니잖아요

끼리끼리 어깨동무할 수 있잖아요

기울기

하루가 서쪽 하늘로 미끄러진다
한쪽 어깨가 축 늘어지고
성성한 머리카락이 곤두선다
고단한 발자국 노을빛에 씻어버리고
산 그림자 속으로 물들어가자꾸나

하얀 조각 달

두만강을 건널까

압록강을 건널까

오늘도 그는 연어처럼
태어나 살던 곳으로

거슬러 거슬러 은하수를 건너네

빈 둥지 중후근

아무도 없나요

빈 가슴으로 바람만 들락거려요
입안 가득 군 등 내가 흘러넘쳐요

여보세요 거기 누구 없나요

개미 떼를 본다

그들을 짓밟아 버렸다

군홧발에 깔린 군상들

쫓고 쫓기고

부러지고 터지고

내 눈 속에 악마의 미소가 고인다

꽃동네 붓다

얻어먹을 힘만 있어도 넘을 도울꺼

식은밥만 얻어다 무기 다리 밑 거지들을 먹여 살린
절름발이 상이군 최규동 할아버지

작년에 왔던 각설이가 죽지도 않고 또 왔네

해마다 음성 꽃동네에 품바 축제가 열린다

거미가 사는 방

아프다고 우는 엄니를 본 적이 없다

송곳니로 옆구리를 파먹어도

발톱으로 정수리를 움켜잡아도

벌건 등창을 내보이며 웃는다

이젠 더 이상 갉아 먹을 몸이 없다

말하는 누렁소

마른 눈 연신 찍어 내 등짝에 쓱쓱 비비면서요

날마다 동네 어귀 내려다보면서요

쪼글쪼글한 입으로 중얼거려요

소원이 뭐 있겠냐
새끼덜 얼굴 보는기 질로 큰 소원이제

담치기

오랜 세월 궁리하며 서성거렸지
천천히 벽을 짚고 기어코 기어 올라갔어
생채기 만들며 담을 넘던 나는 보았지

발아래 산산조각 튀긴 핏물을

북녘 하늘

성애낀 유리창에 반쯤 걸린 달

너도 조선족 어미 심정 알겠다고

소리죽여 우는 것이냐
웃는 것이냐

애야, 오마니 모시고 잘 있느냐

6번 국도

영감 나 시방 아들 내로 가유

지삿밥 먹으러 꼭 와유

잘 따러 왔지유

이젠 나두 질 몰러서 못 돌아가유

제3부

무늬만

내 마음 그 어디쯤 그려 넣을까

흔들리던 갈증도 이끼 낀 영혼도 이내
네 무늬 속으로 젖어 들어
여기저기 내 안 골짜기를 따라

물무늬를 일으키며 반짝인다

두더지게임

숨바꼭질하던 사내가 숨어버릴 때까지

눈앞에 아른거리던 얼굴이 뭉개질 때까지

죽어라 방망이질 해 대던 여자는

어두워진 텅 빈 구멍으로 들어가 버렸다

산동네 풍물패

봄 들어가유 깨갱깨갱 갱깨 갱

덩덩 쿵 따 쿵 쿵다쿵다 쿵따쿵

꽃들은 저마다 제 흥에 겨워 장구 치고 북 치고

징징 소리에 지나가던 바람도 슬그머니 발 디밀고

꽃지게 푸지게 푸지게 꽃지게 한바당 논다

진달래꽃

툭 따려는데

밝그레한 두 볼에 송송 박힌 검은 깨

솜털 마르지 않은 그 아이

열세 살이라네

불면

흙덩이 말고 있던 굼벵이 한 마리 꿈틀

개미 한 놈이 목덜미를 더듬자 다시 꿈틀

밤새 이리 꿈틀 저리 꿈틀

온몸에 새까맣게 달라붙어

아무리 몸부림을 쳐대도 떠나질 않네

어디로 갔을까

한 발 앞에서 언제나 내 다리가 되어 주던

햇살에 부서지던 하얀 등짝의 너

지금 어디에 있니

붉은 화살

그대여

올올히 피워 올린 내 마음을 보아요

달그림자

머루 빛 창밖에 홀로 추울 것 같아

문 열고 들여놓았다

몸만 가신 님 같다

날아봐

내 꿈의 날개를 누가 비틀었을까
천길 나락으로 곤두박질쳤지

거침없이 날아다녔던 생의 욕구는
한순간에 자취도 없이 사라졌어

날 수 있어 날 수 있다니까

하루야

생과 사 그 갈림길에도

이정표가 있을까

서시오

가시오

돌아가시오

정치판

저승 앞에 줄 선 화한들

서로 먼저 번호표를 받겠다고

나란히 줄지어 서서

발을 동동 구르고 있다

집게 손

그래 하늘 저 멀리 사라져 가는 노을빛에
눈 속에 모래알같이 구르는 이름을 씻자

엇갈려 흐르는 울컥한 운명 뒤에 숨어
가시 돋친 두 개의 손도 떨고 있구나

저 노을 뿐이겠느냐 잡을 수 없는 것이

철거하다

송두리째 뽑혔다

새끼들 달고 알몸으로 쫓겨난 사람들

싸늘한 길거리에 살 맞대고 앉아

계란 한판 판다

 햇살 한 줄 덤으로 준다

모세의 기적

할수있거든이 무슨 말이냐
믿는자에겐 능치 못함이 없느니라

그래 힘을 합쳐 해보는거야

차라리 밟고 가라 우리도 사람이다

머리위로 수만볼트 고압선이 웬말이냐

달력의 묵시록

이젠 어디로 가시렵니까

발밑에 뒹구는 숫자들

삶의 흔적마다 쓰다듬으며

영혼만 벗어 놓은 흙바람 벽

검은 발자국만 눈물로 닦습니다

제4부

번지점프

뛰어 봐 뛰어내려 보라구

바람이 귀에 대고 소곤거렸어

생의 외줄 움켜잡고 하얗게 서성이는데
노을이 먼저 등 떠밀었어

나 아직 살아 있지

가족사진

사는 게 뭔지 새끼들 다 크도록
하늘길이 처음인 해외여행

하루종일 시들지 않는 웃음꽃이 핀다

야자수는 배경이 되어 주고

석양도 물끄러미 서서 조명을 비춰준다

효자가 될 테다

지금은 나조차 눈이 흐려
그 눈물 닦아 줄 수 없지만

지금 내 눈에 흐르는 이 눈물 속에
누군가의 눈물이 씻어 내려갔으면
갔으면 하고 기도한다

2005년 12월 아들이

어떤 가장

보면서도 보지 않고

재면서도 재지 않고

굽실굽실

깔린 배로 길 만들며

죽을 듯이 죽자사자

저 외도

너에게 가는 길은 아득했지

그토록 아름답다는 외도

이토록 가보고 싶은 외도

한 번도 발 디밀어 보지 못 한 채

비행접시

함께가요 우주여행

보이죠 저기 저 낮달요

그곳에 데려다 주세요

보너스

밤낮없이 비위 맞춰가며 모시랴
옭아맨 삶이 퉁퉁 붙었구나
구겨 넣은 일생이 굳은살로 박혔구나
그래도 늘 함께여서 좋았다고
태어나 처음 해 본 못생겨진 엄지 척

사람을 찾습니다

세월 뒤편으로 사라져버린

흔적조차 누렇게 바랜 현수막만

허공을 부여잡고 울부짖습니다

제발 연락 좀 주세요

옷 단풍들라

시린 바람이 휘감고 지나간 자리

찬 서리가 찔러 댄 상처 속에서도

여전히 붉은 건 그댈 향한 영원한 기약,

기약 때문입니다

꽃샘추위

탱탱 물오르는 사월 이를 어찌 봐

펑펑 터트리는 오월 이를 어찌 봐

그냥 갈 순 없어

천만에

만 만에

도토리의 사랑법

천상에 들지 못한
땅속에도 돌아가지 못한

허공을 구르는 한점 바람인가

나뭇가지가 움찔거린다
등껍질에서 찬 기운이 차오른다

너를 보내놓고

욱신욱신 잠 못 자게 쑤시더니

아무것도 할 수 없게 만들더니

손가락 걸며 걸며 하던 맹세

샛노랗게 고름 꽃을 피웠네

나, 생인손이었지

구두미마을 오행시

구: 구름도 태기산에 걸터앉아 쉬어가는

두: 두고 온 고향보다 더 고향 같은

미: 미움도 부질없음도 고랭지 밭에 모두 내려놓고

마: 마음과 마음이 무릉계곡 물처럼 여울져 흐르는

을: 을자형 산길을 따라 익어가는 거북이 마을

그는 그곳에 있었다

껍질뿐인 육체만 반듯한 척 걸어 놓았다

어디로 갔을까

밀어내지 못한 삶의 흔적들이

벗어 놓은 허울 속에서

화려하게 날아 다녔다

반전

살기 바쁜데 돈도 안 되는

시 나부랭이나 쓴다고

몇 번째 시집이 나왔어도

눈길 한번 주지 않더니

떠억 현수막을 걸었다 방안에다

타자 중심적 존재들의 호명

– 이혜민 디카시집 『그늘이 자라는 시간』

최광임(시인, 계간《디카시》주간)

존재는 침묵한다. 침묵한다고 해서 존재하지 않는 것은 아니다. 그 침묵 속에는 무수한 얼굴과 목소리와 눈빛이 웅크리고 있다. 우리는 삶이라는 것에 쫓겨 존재의 얼굴을 잊은 채, 제대로 보지 않고 소리도 외면하며 산다. 디카시를 쓰는 일은 그런 삶을 교정하는 것이며 수많은 존재의 침묵을 깨우는 일이다. 한 장의 사진 기호와 짧은 문장의 융합으로 완성된 디카시는 가려진 존재의 가면을 벗기고 우리에게 바로보기를 유도한다.

이혜민의 디카시가 그렇다. 이혜민은 은폐된 존재에게 균열을 내고 말을 걸어 침묵했던 존재들을 우리 삶의 사정거리 안으로 데려온다. 어느 집의 가장이거나, 가족이라는 이름을 가진 존재, 어머니, 아버지, 그 타자들의 얼굴에는 하나같이 도의적, 윤리적 의미가 담겨있다. 개인과 가족, 고통과 연대, 고립과 만남의 양면을 포착하여 공동체적 감각으로 함께 있음의 시간을 만든다. 이혜민의 디카시는 존재와 타자가 서로를 부르고 응답하는 그 순간을 재연한다. 삶의 작고 섬세한 순간들이 이혜민의 호명에 불려나와 존재를 증명한다. 하이데거는 우리 존재가 이 세상에 던져져 시간 속에서 부대끼며 '나답게' 살아가려 애쓴다고 말한다. 하지만 진짜 나를 마주하기 위해서는 곁에 있는 '타자'(우리를 불러내는 그 누군가)와의 만남이 필요하다. 레비나스는 그 타자를 '부름' 그 자체로 보고 그 부름에 응답하는 윤리가 우리 삶을 움직인다고 한다. 즉 타자와의 만남을 통해 윤리적 책임이 생긴다. 이혜민은 침묵하던 가족이라는 이름의 존재를 불러내고, 무너진 시간 위에 응시하는 어느 삶들을 불러내고 마침내 부유하는 존재의 그림자들 사이에서 '나'를 불러내 '나답게'라는 자리에 선다.

가족, 연대의 시간

이혜민에게 있어 가족이라는 이름의 존재가 차지하는 정서적 비중은 무조건적이고 압도적이다. 이혜민의 모든 슬픔과 고통의 정서는 가족이라는 존재들과의 관계에서 생긴 것은 아닐까,라고 예측할 정도이다. 그녀는 부모라는 윤리적 역할과 생애 말기의 시간들을 보여주고 은유되어 침묵 속으로 사라진 기억의 재생을 통해 존재들의 여백을 응시한다. 그

존재는 시간 속에서 타자와 관계 맺고 윤리적 책임을 다하는
것까지 보여준다.

입안 가득 물고기를 물어다
새끼 입에 넣어 주며

자맥질하는 고된 현장을
너희들은 보면 안 된다고

돌아서서 날숨을 소리죽여 토해낸다

—「가족」

　오리 가족의 한 장면을 차용하여 인간 삶의 근원적 구조를
통찰한다. 오리=인간이라는 등가를 통해 가족 간의 헌신과
절제를 윤리화하고 인간의 무언의 사랑이라는 본질적 구조
를 은유적으로 조명한다. 부모 오리가 "입안 가득 물고기를
물어다/ 새끼 입에 넣어 주"는 행위는 자연스러운 자연의 한
장면처럼 보일 수 있으나, 사람이든 동물이든 실제 이 장면
은 자연스러운 것도, 아름다운 것도 아니다. 극한 노동으로
상징되는 오리 부부의 행위에는 생존을 위한 투쟁이 담기고
일상적으로 반복되는 희생과 보답 없는 인내를 내포하기 때
문이다. 인간의 욕망이 모방을 통해 발생하며, 이 모방이 갈
등과 폭력을 낳고 그것이 제의적 희생을 통해 해소된다는 르
네 지라르의 '희생양 메커니즘'은 희생이 단순한 윤리적 선
택이 아니라 사회의 구조적 기제라는 차원에서 본다면 희생

은 결코 아름다운 것이 될 수 없기 때문이다. 오리 부부도 가족이라는 공동체 안에서 부모라는 이름을 가진 존재가 온전히 감당해야 할 매커니즘일 뿐이다.

따라서 지상의 모든 부모가 희생적이지는 않을 것이지만, 이혜민은 타자를 위한 무한 책임으로서의 희생에 의미를 부여하고 그것을 미덕으로 승화한다. 이 타자에 대한 책임 윤리는 "너희들은 보면 안 된다고//돌아서서 날숨을 소리죽여 토해"내는 상황으로 승화시킨다. 가족이기 때문에 드러낼 수 없는 고통, 사랑이기 때문에 말하지 못하는 침묵을 보여준다. 그 침묵이 곧 사랑이며, 그 고통이 바로 헌신이다. '윤리란 타자의 얼굴 앞에 선 나의 책임에서 출발한다'라고 하는 엠마뉘엘 레비나스의 말처럼 화자는 오로지 새끼를 위해 자신의 고통을 숨기고 침묵한다. 이런 행위는 본능이 아니라, 타자인 "너희들"을 위한 자발적 책임과 자기희생의 윤리이다. 타자(너희들)의 평온을 지키기 위해 고통을 감추는 자기 포기 행동은 윤리적 책임의 정수이다.

한 숟가락이
한 숟가락을 밀며 제발

한 번만 더 넘겨 달라고

흰죽 한 숟가락으로
죽음을 밀어낸다

―「그늘이 자라는 시간」

만약 인간에게 내재되어 있는 불안이라는 정서가 없다면 죽음 같은 자신의 한계와 가능성, 존재의 깊이를 성찰할 수 없었을 것이다. 하이데거의 말처럼 인간은 언젠가는 죽을 수밖에 없다는 자각을 통해 비로소 진정한 자유와 자아에 이르게 되고 자기 존재에 눈을 뜨게 된다. 죽음은 늘 추상적으로 다가오지만, 때때로 너무도 구체적인 형태로 다가온다. 이를테면 병원 침대 위에서, 들숨과 날숨 사이로 흔들리는 생의 리듬 속에서, 더는 씹기 어려운 무른 흰죽 한 그릇 속에서, 한 숟가락을 넘기기 위해 또 한 숟가락의 시간이 필요해지는 순간, 실존보다 죽음이 더 가까이 있다.

죽음 가까이에 있는 화자는 말이 아니라 몸으로 말한다. '흰죽'은 죽음이 덮쳐오지 않도록 간신히 밀어내는 불안한 시간의 대체물이다. 생을 연장하는 백색의 방패이며, 죽음을 막아내는 기도다. 한 인간이 죽음과 마주한 가장 고요한 저항이다. 인간은 유일하게 자신의 죽음을 미리 아는 존재이나 여기서 죽음은 미래의 것이 아니라 바로 코앞에 닥쳤을지 모를 현실이다. 그런 점에서 이 불안은 단순한 심리적 감정이 아니라 몸으로 드러난 존재의 진실이다. 사진의 노인은 혀를 내밀어 죽을 받아들이고 죽음은 밀어낸다. 그 작고 느린 혀의 움직임은 생을 향한 가장 처절한 응답이다. 말보다 진한 존재의 진술이 혀끝에서 울린다. 그럼에도 인간은 유한하여 시간이 고요히 죽음을 키우는 만큼 그늘이 자라기 마련이다.

얽어맨 소쿠리에 담겨있는 과일은요
진종일 기차 소리 차 소리 발자국 소리 들으면서요
감시원 호루라기에 호호 떨기도 하면서요
길바닥에서 몇 번인지 모를 겨울 죄다 겪었는데요

이젠 어디에도 없네요 수건으로 깜싼 빨간 얼굴요

—「동상 걸린 사과」

　사람은 등을 보면 그 생을 알 수 있다. 사진 속 굽은 등은
땅을 딛고 살아낸 시간의 무게, 그 땅에 묻힌 사연을 껴안고
사는 몸의 자세. 한때 저 굽은 등의 삶의 터전은 시장이나
저잣거리였을지 모른다. 거기 금지된 곳에 좌판을 벌였다가
"감시원 호루라기에 호호 떨"기 일쑤였다. 그것은 "몇 번인지
모를 겨울 죄다 겪"은 행상의 삶이었을 것이다. 그 삶은 침묵
에 은폐될 수밖에 없다. 사회 중심으로부터 밀리고 밀려나는
삶에는 주체적 언어가 주어지지 않기 때문이다. 그럼에도 추
위에 언 "빨간 얼굴"은 디카시 「가족」에서처럼 "고된 현장을/
너희들은 보면 안 된다"는 돌봄과 자발적 책임과 자기희생의
강한 윤리가 장착되었다. 그것은 "동상 걸린 사과" 하나의 희
생으로 가족 구성원은 좀 더 편안했을 것이기 때문이다. 그
런 '사과' 혹은 '빨간 얼굴'이 "이젠 어디에도 없"다. 바로 그

부재의 언어 속에서 "빨간 얼굴"은 오히려 더 또렷이 드러난다. 존재할 때는 침묵 그 자체였으나, 이제는 사라졌기에 기억은 더 생생해진다. 잊힌 존재는 망각 속에서 돌연히 어떤 의식으로 우리에게 다가온다. 존재의 결핍이 곧 존재의 증명이 되는 패러독스를 품기 때문이다.

「호흡기를 떼다」에서도 인간 실존의 극단적 순간을 응축한다. "피 흘리며 만든 가시밭길"로 자기희생의 삶을 이어온 관계를 놓음으로써 '청상의' 삶의 존재가 생생해진다.

아프다고 우는 엄니를 본 적이 없다

송곳니로 옆구리를 파먹어도

발톱으로 정수리를 움켜잡아도

벌건 등창을 내보이며 웃는다

이젠 더 이상 갉아 먹을 몸이 없다

―「거미가 사는 방」

'엄니'는 몸을 다 내어주고 마음을 다 베풀고 울음마저 삼킨 채 더 이상 남지 않은 몸으로 남겨진 존재다. '엄니'는 지금 '없음'으로 존재한다. 그렇다고 이 부재가 단순한 결핍은 아니다. 그녀가 화자에게 어떤 의미의 존재였는가를 증명하는 가장 선명한 방식의 장치다. 그런 엄니는 아파도 울지 않았다. 오히려 벌건 등창을 내보이며 웃었다. '고통의 경험이 인간을 더 깊은 차원의 존재로 이끈다'라는 시몬 베유의 말처럼 엄니는 자기 고통을 초월하려는 내면의 어떤 힘을 가진 영적 존재 같다. 그렇기에 「거미가 사는 방」은 '고통을 통한 존재의 심화'라는 차원으로 시적 의미를 확장한다. 엄니는 고통을 침묵으로 삼키면서 단순한 감내가 아니라 고통을 통해 스스로를 완성하는 방식을 취했다. 고통은 무언가를 깨뜨리는 힘이 아니라, 존재의 무게를 뿌리로부터 느끼게 하는 경험이다. 엄니는 바로 그 고통 속에서 말보다 깊은 언어로, 화자 곁에 존재했던 것이다. 마침내, 더 이상 남길 수 없는 몸까지 사라짐으로써 비로소 그 존재를 느끼게 된다. 남은 것이라면 침묵으로 짜인 거미줄인 기억의 망과 엄니 고통을 은유하는 이슬방울이다.

「하얀 조각달」과 「북녘 하늘」은 고향을 향한 깊은 그리움과 자기 본래의 집으로의 회귀를 열망함으로 존재를 드러낸다. 이처럼 이혜민의 디카시는 가족이라는 공동체의 연대적 구성을 통해 침묵하는 존재들을 호명하여 드러나게 한다. 이 존재들의 특징은 '노인'이며 그 노인은 누군가의 '어머니'이며, 가정 공동체를 꾸려온 가장이다.

존재의 그림자와 자기 치유

누대에 거처 삶은 언제나 거기 있었다. 우리는 그것을 너무 늦게야 깨단는다. 뒤늦게 우리 일상의 작고도 평범한 순간들에서 삶의 본질과 존재의 무게를 직시한다. 이혜민은 삶의 특별한 순간을 흥겨이 노래하지 않는다. 고작해야 "하늘길이 처음인 해외여행"에서 남긴 「가족사진」과 휴양지에서 쉬는 발을 찰칵 남긴 「보너스」 정도이다. 태어나서 처음 해 본 것으로 화자의 삶에서 아주아주 특별한 날의 기록이기 때문이다.

　대체로 이혜민은 노래가 될 만큼 특별한 날을 기억하기보다 '나의 삶'을 구성하는 존재의 그림자를 호명하는 일에 익숙한 듯하다. 이혜민의 슬픈 시의식은 삶을 염려하고 숙고해 대비한다는 차원에서라기보다 실제 염려해야 하는 일과 인내하고 감내해야 했던 삶의 시간의 축적에서 형성된 것으로 보인다. 이른 아침 이슬방울을 달고 있는 거미줄이나, 고양이 한 마리, 꽁꽁 언 땅 위의 작은 돌비석, 마을 어귀의 오래된 나무 장승, 뒷마당의 감자 따위처럼 아주 일상적이고 작디작은 사물들과 풍경을 통해서 소외된 생을 읽고 고단한 삶으로 은폐되었던 존재들을 호명하는데, 그 사소함 안에는 삶을 지탱해온 시간의 누적과 누군가의 침묵과 고통, 돌봄과 사랑의 기록이 스며있다.

가난 속에 박혀 있는 시간을 만나는 일

어둠에 갇혀있는 나를 찾아 헤매는 일

속창알이 맺힌 속울음을 캐는 일

—「생을 엿듣다」

　감자라는 일상적 사물에서 출발하여 인간 존재의 본질과 그 속에 깃든 고통, 그리고 자기 탐색의 여정을 그리고 있다. 삶의 공간은 어둡고 형식은 가난하지만, 잊고 살았던 본질적 존재를 찾기 위해 "가난"을 만나고 "어둠" 속을 헤매고 "속울음"을 캐냄으로써 현존재의 자기 발견의 여정을 보여준다. 오랜 기다림과 노동의 산물인 감자는 거칠고 투박한 모습이지만, 그것이야말로 진솔한 삶의 형상이다.

존재는 본래 은폐되어 있으므로 가난과 고통은 그 은폐된 층위를 드러내는 통로가 된다. 감자이기도 한 "나"는 내가 누구인지도 모른 채, 어둠 속에서 나를 찾는다. 나를 찾기 위해서는 레비나스의 말처럼 타자의 얼굴이 우리 안의 윤리를 각성시켜야겠지만, 여기서 타자의 얼굴은 아직 보이지 않는다. 다만, 그 얼굴을 보기위해 나는 내 안의 어둠을 통과해야 한다. 이 어둠은 내면의 무의식일 수 있으며, 고통이나 자기 상실일 수 있다. 그러니까 "어둠에 갇혀 있는 나"는 아직 말하지 못하는 '타자—로서의 나'이기도 하다. '나'를 헤매는 일을 통해 내면화된 타자를 향해 회귀한다. 거기에는 말로 옮겨지지 않은 슬픔, 울지 못한 울음처럼 "속창알이"와 "속울음"의 이중의 침묵이 있다. 이는 현존재가 비본래성에서 본래성으로 이행하려는 존재 투쟁 의식이 내포된 것으로 볼 수 있다. 생을 엿듣는다는 것은 그 생을 잊지 않겠다는 의지이며 침묵을 청취하겠다는 「그 사내」는 고공 농성 중인 노동자를 통해 사회 속에 던져진 존재를 보여준다. 「시앗니」는 첩이었던 시앗니로 하여 화자 내면의 깊은 상처와 아울러 상처와 고통의 삶이었을 시앗니의 삶을 뒤늦게서야 호명한다. 「말하는 누렁소」에서는 시골 마을 어귀에 서있는 나무 장승과 함께 한국 농촌 공동체의 오래된 정서와 돌봄의 타자성을 드러낸다. 장승은 단순한 수호

신이 아니라 타자의 얼굴을 품은 윤리적 주체로 의미한다.

보면서도 보지 않고

재면서도 재지 않고

굽실굽실

깔린 배로 길 만들며

죽을 듯이 죽자사자

—「어떤 가장」

하이데거는 인간이 일상성 속에서 본래적 존재를 잊고 타인의 기대, 관습, 기술적 시선에 휩쓸려 살아가는 상태를 비본래성이라 했다. "보면서도 보지 않고", "재면서도 재지 않"는 존재는 자신을 감추고 타인의 기대 속에서 살아가는 비본래적인 존재의 형상이다. 이는 바로 현대 사회의 가장 또는 책임을 홀로 짊어진 숨은 현존재라 할 수 있다. 백합 꽃봉오리 그 뾰족한 끝에 거꾸로 매달린 벌레는 벌레로 보이지 않는다. 누구라도 꽃봉오리에 꽂힌 나뭇가지로 착각하기 쉽다. 이는 비본래적 존재로 존재하는 상태다. 여기서 주목할 것은 이 사회와 한 가정에 없어서는 안 될 존재가 "어떤"으로 지시된다는 점이다. '어떤'은 곧 '익명'이며, 이 사회에 넘쳐나는 '가장'임과 동시에 비본래적 존재이다.

거기다 "죽자사자" 길을 내어 가는 이 가장에게 애초에 길은 없으며 목숨을 걸고 수행하는 무언의 책임만 있다. 윤리가 자유로운 주체의 선택이 아니라, 타자가 나를 호출함으로써 내가 책임지는 구조라는 레비나스의 말처럼 이 익명의 가장이야말로 가장 중요한 자리에서 공동체를 지탱하는 윤리적 존재이다. 이 윤리적인 주체는 익명의 타자에게 응답하고 자기를 기꺼이 내주는 자다. 그리하여 희생과 책임으로 형상화된 모습이며 윤리적 공동체의 밑바탕을 이루는 타자가 된다.

그 밖에도 「그는 그곳에 있었다」는 껍질만 남기고 떠난 큰 광대노린재의 형상을 통해 존재의 사라짐, 부재, 흔적, 기억, 책임을 존재가 나에게 남기는 침묵의 언어이자 윤리적 질문으로 그려낸다. 「두더지게임」에서는 부서지고 사라지는 관계의 끄트머리를 그린다. 여자는 "얼굴이 뭉개"지도록 방망이질을 해대지만 사내는 형상을 보여주지 않고 침묵한다. 마침내 타자에 대한 책임을 묻는 여자조차 사라져버린 지점에서 이혜민이 침묵의 존재들을 호명한다.

그렇다고 이혜민의 침묵하는 숱한 존재들이 슬픔과 무한대의 자기희생과 고통 속에만 존재하는 것은 아니다. 생존의 기반이 뿌리째 뽑힌 감자 무리는 더 이상 땅에 기대지 못하는 존재다. 그럼에도 여전히 생명을 잉태하고 타자에게 햇살한 줄을 내주는 행위를 반복한다. 그러한 행위를 통하여 조건 없는 선의를 베풀고 침묵의 존재지만 환대를 멈추지 않는다. 이것이 바로 가장 낮은 곳의 윤리이며 가장 큰 환대라는 것을 「철거하다」를 통해 보여준다.

이혜민의 삶을 향한 따뜻하고 희망적인 시선은 「도토리의 사랑법」에서도 잘 드러난다. 청솔모와 참나무의 관계, 또 도토리와 청솔모의 관계처럼 타자와의 거리를 차이로 드러낸다. 그 차이를 인정하는 윤리적 사랑법의 상징이다. 서로 다른 존재들이 각자의 위치에서 만남과 거리를 유지하며, 서로를 존중하는 윤리적 태도를 형상화한다.

나를 수선할 때마다
핏방울처럼 떨어져 번지는 눈물

무명의 노루발로 박음질하는 난

한 폭의 생을 깁는다

—「나를 깁다」

시인은 상처와 기억의 봉합을 '재봉틀'이라는 오브제를 통해 자가 치유법을 내포함으로써 한 폭의 생을 새롭게 직조하는 미학을 실현한다. "깁는다"라는 행위에는 결핍과 상처를 품는 창조의 메타포가 내포되어 있다. 상처 위에 다시 상처난 삶을 꿰매는 반복의 행위인 것이다. "핏방울처럼 떨어져 번지는 눈물"이 '나'를 형성하고 재생시킨다. '나'의 삶은 반복하여 틀어지고 해지고 선이 어긋날 수밖에 없다. 그것이 존재의 방식이기 때문이다. 화자는 때때로 그 어긋남을 방치하지 않고 수선한다. 거기서 이혜민은 존재의 윤리를 만난다.

우리는 종종 치유를 완벽한 회복으로 오해한다. 그러나 진정한 치유는 상처가 온전히 지워지는 것이 아니라, 상처 자리에 꿰맨 선명한 자국을 품는 일이다. 이혜민은 그 자국을 숨기지 않는다. 오히려 그 흔적을 통해 생을 다시 지어낸다. 그러므로 '깁는다'는 행위는 생의 덧댐이며, 동시에 존재를 예술로 끌어올리는 윤리적 방도이다. 비로소 그때 '나'는 '나답게' 된다.

제자리를 맴돌다 주저앉아 한 점
마침표로 찍히게 될지도 모를

그 동굴 속에 갇혀
천년만년 살아 있을지도 모를

A4용지

—「빙하지대를 가다」

빙하지대는 존재가 자신의 자리를 중심으로 끝없이 맴돌다 그 자리에 멈추게 될지도 모른다는 불안, 그리하여 자기의 고유한 '있음'이 결빙된 상태로 있게 될 수도 있다는 불안 앓음이다. 그 빙하라는 동굴에 갇혀 "천년만년 살아 있을지도 모"른다는 것이나 "한 점/ 마침표로 찍히게 될지도 모"른다는 불안의 다른 표현이다. 시인인 이혜민에게는 예민한 문제가 아닐 수 없으며 시인 일생의 과제 같은 것이다. 시인이 수십 년 시를 쓴다는 것은 자기 삶의 연대기를 기록하는 것과 맞먹는다. 그 연대기적 삶이 빙하지대의 동굴에만 있게 될지 모른다는 것, 한갓 한 점에 불가한 마침표와 같은 의미일지 모른다는 불안, 그 마침표는 새 기록을 추동하는 장지가 될 수도 있으나 빙하지대에서는 "제자리를 맴"도는 것이 운명이라는 암시성을 시인이라면 누구나 아는 일일 터다. 이혜민 시인도 결코 자유로울 수 없다는 의미다.

　한편으로는 나의 어느 한때의 삶에 마침표를 잘 찍었으며 그 마침표가 영구히 보존되고 그 시대의 형상으로 영원히 존재할 것이라는 의미일 수도 있겠으나, 그럼에도 시인에게 불안이 증폭될 수밖에 없는 이유가 있다. 빙하지대에서는 어떠한 방식으로든 더 이상의 생산적 창작은 이루어질 수 없다는 사실이다. 시인의 불안은 이 지점에서 증폭한다.

　이혜민의 빙하지대는 『토마토가 치마끈을 풀었다』와 『나를 깁다』 두 권의 시집이다. 두 권의 시집에 시인의 시간이 얼마나 수장되어 있는 것인지 알 수는 없으나, 결코 짧은 세월이 아닌 것만은 분명하다. 그런 삶의 가장자리를 수없이 맴돌다 한 점 마침표로 정리한 존재를 자발적으로 동굴에 유폐시키면서 존재는 부재하게 된다. 이것은 어느 한 시기의 삶의 정지이며, 언어의 침묵이고 존재의 그림자가 얼어붙은 것이다. 하이데거가 말한 '존재의 망각'은 바로 이렇게 언어를 잃은 자리에서 발생한다. 존재는 그 자리에 있으되, 말해지지 않음으로써 깊은 그림자를 갖는다. 그림자는 침묵과 등가이다. 그 침묵은 아이러니하게도 말의 심연이 된다. 그러므로 빙하지대는 내면의 사유가 가장 짙게 가라앉은 장소라 할 수 있다. 시인 삶의 아카이브다. 그러므로 이혜민은 지금, 이 시간부터 기록의 매개체인 A4용지에 인간의 사유와 언어를 쓸 수 있게 된다. 존재가 언어 속에서 드러나거나 언어에 갇히는 그 사이에서 창작의 길항을 멈추지 않을 것이다.